Erinnerungen
eines Kriegskindes

Klaus Dettmer

Erinnerungen eines Kriegskindes

Bibliografische Information der Deutschen Nationalbibliothek:
Die Deutsche Nationalbibliothek verzeichnet diese Publikation
in der Deutschen Nationalbibliografie; detaillierte bibliografische
Daten sind im Internet über http://dnb.dnb.de abrufbar.

© 2014 Klaus Dettmer
Satz, Umschlaggestaltung, Herstellung und Verlag:
BoD – Books on Demand

ISBN: 978-3-7322-7720-9

Inhalt

Vorwort. 7

1. Flucht und Vertreibung. 9

2. Nachkriegs-, Schul- und Berufszeit 25

3. Die Bundeswehr 39

4. Ich werde Fallschirmjäger 45

5. Unteroffizierausbildung. 53

6. Bundeswehrstandort Philippsburg. 59

7. Standortkommandantur München 63

8. Bundeswehrfachschulkompanie München 65

9. Beginn der Pensionierung 69

10. Aufenthalt in Spanien 71

11. Das letzte Jahr in Spanien 77

Vorwort

Ich, Klaus Dettmer, bin am 22. April 1939 in Marienburg/Westpreußen geboren. Bis zum Jahre 1945 lebten wir in Marienburg und wurden dann aus meinem Vaterland von der russischen Armee vertrieben, wie viele Menschen zur damaligen Zeit.

„Die große Völkerwanderung begann."

Über Norddeutschland und Ruhrgebiet ist meine Heimat Bayern geworden.
Irgendwann stellt man sich die Frage: Wo komm ich her und wie ist mein Leben bisher verlaufen?
Auch ich habe dies getan im fortgeschrittenen Alter.
Somit habe ich diese Geschichte geschrieben, um den Lebenslauf im Alter zu erklären.

„Das Leben ist nur ein Moment,
der Tod ist auch einer."

1. Flucht und Vertreibung

Ich bin geboren am 22. April 1939 in Marienburg/Westpreußen. Es muss ein herrliches Land gewesen sein, aber alles dies habe ich nur durch die Erzählungen meiner Eltern erfahren. Einzelne Phasen meiner frühen Jugend sind mir noch gut in Erinnerung. Teile der Stadt und die nähere Umgebung meines Elternhauses habe ich noch gut in meinem Gedächtnis. Die Wohnung, den Hof und den Garten sehe ich noch vor mir.

Die frühe Jugend verlief im Allgemeinen normal. Nur soll man bedenken, dass in meinem Geburtsjahr 1939 der Krieg ausbrach und dies mein Leben beeinflussen sollte. Eindrücke des Lebens wurden durch diesen Krieg geprägt. Mein Vater war im Krieg und meine Mutter sorgte aufopfernd für mich und meine Schwester. Aber auch dieser „Vaterländische Krieg" ging dem Ende entgegen. Die erste Begegnung mit Soldaten und dem Krieg war 1945.

Man merkte die Aufregung und Verstörtheit der Erwachsenen, aber auch die beruhigenden Lügen aus ihrem Mund.

„Es ist schon gut, es ist nichts."

Westpreußen

1 Westpreußen, welch ein schönes Land.
  Weit oben im Osten am Ostsee-Strand.

2 Westpreußen, auf blühender Flur.
  Du warst geschunden auf weiter Natur.

3 Westpreußen, du stolzes Land.
  Du bist seitdem in fremder Hand.

4 Westpreußen, du östliche Perle am Ostsee-Strand.
  Im Herzen bleibst du deutsches Land.

Marienburg / Westpr. - Hochschloß und Remter, Westseite

Dann kam der schreckliche Tag, den alle erwarteten, aber an den sie eigentlich nicht geglaubt hatten. Viele Menschen standen auf den Straßen und sprachen aufgeregt miteinander.

Ein Soldat kam zu meiner Mutter und sagte: „Wollen Sie hierbleiben, der Russe steht schon dreißig Kilometer vor Marienburg."

Meine Mutter schaute ihn ungläubig an und fragte: „Ist das wahr?"

Er antwortete salopp: „Ja, meint ihr, ich gehe hier spazieren?"

Und er versuchte mit seinem eingefallenen Gesicht zu lächeln, was ihm nicht gelang. Der Krieg hatte ihn zu einem alten Mann gemacht. „Nehmen Sie Ihre Kinder und gehen Sie nach Westen", sagte er besorgt.

Heute hört sich der Ausspruch an wie bei der Besiedelung von Amerika. Damals verstand man darunter Rettung.

Meine Mutter stammelte nur „ja, ja" und hörte nicht mehr hin, als der Soldat fragte, ob er in unserer Wohnung übernachten dürfe.

„Ja, ja", sagte meine Mutter und packte hastig einzelne Sachen zusammen. Papiere, Ausweise und wichtige Dokumente, die man eben braucht, um nach „einigen Tagen" zurückzukehren. Sie zog meine Schwester und mich an und wir gingen hastig aus dem Haus.

Die unten wohnenden Nachbarn blieben in Marienburg. „Wir sind alt und bleiben in unserer Heimat", meinten sie. Alte Bäume sollten nicht verpflanzt werden. Wir verabschiedeten uns von ihnen und zogen „nach Westen".

Es war bitterkalt und ich saß auf dem Schlitten, der von meiner Schwester und meiner Mutter gezogen wurde.

Das war also der „glorreiche Krieg", der uns, dem deutschen Volk, Ruhm und Ehre bringen sollte. Damit war es wohl vorbei.

Wir zogen durch die nächtlichen Straßen von Marienburg und immer mehr Menschen schlossen sich diesem traurigen Zug an. Nur weg hier, dachte man, aber auch viele schauten sich um und wussten, die Heimat werden wir nicht wiedersehen.

Diese graue Masse zog durch die Stadt und zu den beiden Brücken, die über die Nogat führten. Als wir an das Flussufer kamen, warteten dort schon viele Menschen mit ihrem wenigen Gepäck.

Alle Arten von Wagen stauten sich hier, denn die Brücken waren gesperrt und nur Militärfahrzeuge durften sie passieren.

Was blieb den Menschen anderes übrig, als über das Eis der Nogat zu gehen.

Vorne am Ufer standen beherzte Männer und versuchten, Ordnung in dieses Chaos zu bringen. Wagen mussten in genügendem Abstand über das Eis fahren, sonst würde es brechen. Die Menschen zeigten Disziplin und es schien alles gut zu gehen. Aber dann kamen die furchtbaren Stunden. Plötzlich auftretendes Artilleriefeuer und nahes Donnern von fallenden Bomben brachte die Menschen in helle Panik. Alle wollten so schnell als möglich über das Eis. Die am

Flussufer stehenden Männer wollten die in Panik geratenen Menschen zurückhalten, aber es war zu spät.

Die aufgebrachten Menschen mit ihren Wagen stürmten auf das Eis zu zweit und dritt nebeneinander. Dann begann das Unheil. Einige Wagen brachen durch das Eis und versanken im Fluss. Die Menschen gingen mit ihren Wagen unter oder sie sprangen in die eisigen Fluten.

Das Chaos war perfekt.

Wenn es um das nackte Leben geht, dann gibt es keine Hilfsbereitschaft mehr. Neben diesem schrecklichen Schauspiel gelangten wir, meine Mutter, meine Schwester und ich, über den gefrorenen Fluss.

Das Schreien und Wimmern war weit zu hören, aber unser beschwerlicher Weg nach Westen war noch nicht zu Ende.

Marienburg vor 1945

Wir übernachteten in Scheunen und alten Häusern mit vielen anderen Frauen und Kindern. Männer sah man wenige, aber die kämpften ja im „großen Krieg".

Mit der Zeit bildeten sich lange graue Schlangen von flüchtenden Menschen. Ja, man war auf der Flucht. Ich war ein Flüchtling. Dieses hergelaufene Pack, so wurde man oft genannt von Deutschen, die das Glück hatten, ihre Heimat nicht verlassen zu müssen. Davon erzähle ich später.

Der Flüchtlingstreck zog wie eine graue hässliche Schlange nach Westen. Der Ausruf „Der Russe kommt" war der panikmachende Schreckensruf. Eine Granate als Fehlzündung löste manche Panik aus. Wagen fuhren in Gräben, schlugen um, die Menschen wurden begraben.

Keiner half, alles stürmte weiter nach dem rettenden Westen. Links und rechts der Straßen blieben Wagen und Menschen wie Abfall zurück. Viele dunkle Häuflein lagen im Straßengraben. Menschen, nichts als tote, verhungerte und erfrorene Menschen. Wer sind diese Menschen, wo kommen sie her, sind sie jung oder alt? Wen stört es, denn man will nur sich und die Seinen retten. Verständlich und menschlich zugleich? Wer will hier richten?

Die Trecks fuhren auf die Straßen nach Westen und einzelne Truppenteile der deutschen Armee nach Osten.

Das Chaos wurde immer größer!

Dabei kam es auch zu Zusammenstößen und mancher Wagen aus dem Treck fuhr in den Graben. Der Kampf ums Überleben begann von Neuem.

Man wurde an den Ausspruch in der Natur erinnert: Nur der Stärkere überlebt.

So ging es tagelang.

Meine Mutter, Schwester Helga und ich

Dann kam der verhängnisvolle, schreckliche Tag. Der Ruf „Sie kommen!", walzte wie eine Lawine von hinten nach vorne zur Treckspitze. Der Feind: die russischen Soldaten.

Der Treck löste sich in wilder Panik auf und stürmte in alle Himmelsrichtungen auseinander. Das Schreien, Weinen und Wimmern drang durch die kalte, unbarmherzige Nacht.

Es nützte alles nichts.

Die schwarze, furchterregende, aus Panzern bestehende Walze war da. Sie fuhren schießend in die Wagen und über die Leiber der Flüchtlinge.

Wie ein Spuk war alles vorbei und man sah den Treck in Richtung Westen fahren.

Zum freien Westen?

Man vergaß den Schrecken und war froh, dass man noch selbst am Leben war.

Wir zogen gesund, aber ängstlich und frierend nach Westen der nächsten Stadt zu. Aber Stadt? Es war ein Haufen von Ruinen. Wir zogen wie in einer Herde mit der Masse zum Bahnhof.

1943 Unsere Großmutter

1943 Schwester und Klaus

Was uns dort erwartete, war schlimmer als die Kälte.

Tausende und Abertausende Menschen versuchten, die abfahrenden Züge zu stürmen. Der Egoismus der Menschen trat hier offen und frei zutage. Erst ich, dann alle anderen. Verständlich? Ich glaube, ja!

Auch wir standen alle drei weinend auf dem Bahnhof. „Los, kommen Sie", rief eine Stimme neben meiner Mutter und riss uns mit über den Bahnsteig auf die andere Seite des Zuges. Ehe wir uns versahen, saßen wir in dem Zug unter weinenden und wimmernden Menschen. Ich glaube, auch wir weinten laut mit.

Weinten wir aus Freude, weil wir im Zug saßen, oder aus Angst vor der Zukunft?

Es war wohl beides.

Wohin wird uns unser Zug bringen? In die Freiheit oder in neue Ängste und Sorgen?

Ich muss immer an die Frauen denken, die in der Heimat die Hauptlast dieses erbarmungslosen Krieges trugen.

Der Zug ruckte an und fuhr mit seiner ängstlichen Last nach Westen.

Für einen Moment war Frieden, aber für wie lange? Über wie viele Tage ging diese Fahrt mit ihrer ängstlichen Fracht?

Keiner hat sie mitgezählt, nur weg in Richtung Westen.

Nach der langen Irrfahrt fuhr der Zug in einen zerstörten Bahnhof ein: Dresden.

Auf dem Bahnhof Menschen, Menschen und nochmals Menschen.

Keiner aus unserem Zug traute sich auf den Bahnhof, denn man hatte Angst, seinen Platz nicht wieder zu bekommen.

Man stelle sich aber einmal in diesem großen Menschengewühl die sanitären Anlagen vor. Durch die Zug-Gänge zur Toilette – unmöglich. Dieser überfüllte Zug, diese Menschen in ihren tagelangen Unsauberkeiten. Furchtbar!

Das Hilfspersonal auf den Bahnhöfen war einfach überfordert.

So vergingen Stunden, oder waren es Tage?

Große Aufregung.

Man hörte Wortfetzen: Der Zug muss raus, Fliegeralarm vorausgesagt.

Panikartig wurde der Zug aus dem Bahnhof gezogen. Außerhalb des Stadtzentrums stand er nun. Und dann kamen sie, die Bomber mit ihrer furchtbaren Last. Jetzt kam Bewegung in die sture Masse Mensch. Frauen, Kinder und alte Männer verließen panikartig den Zug und liefen stolpernd über die Gleise in den nahen Wald. Mütter waren noch im

Zug, Kinder im Wald, Familien getrennt, und alles rief und schrie durcheinander.

Wir saßen in dem Abteil, und ich hörte meine Mutter sagen: „Jetzt laufen wir nicht mehr weg, wir bleiben hier, es kann passieren, was es will!"

Dann nahm sie mich und meine Schwester in die Arme und weinte leise.

Nach einiger Zeit merkten wir, dass der Zug fuhr. Er verließ den gefährlichen Ort.

Damit war das Elend perfekt.

Die im Zug waren, schrien nach ihren Kindern und Müttern.

Aus dem Wald stürmten die Menschen zum abfahrenden Zug.

Es waren furchtbare Szenen, die man nicht so leicht vergessen kann. Aber für viele gab es keine Hoffnung mehr, den Zug zu erreichen. Das Grauen ging um – und wir, wir waren im Zug.

Schicksal oder Eingebung?

Keiner würde es wohl wissen.

1942 Unsere Mutter

1942 Meine Schwester

So gelangten wir in den kleinen Ort Sebnitz.

Die Unterkunft für uns und andere Familien war die dortige Volksschule. Der Bürgermeister wies uns Wohnungen zu, aber wer wollte uns schon haben.

In diesem Ort geschah etwas menschlich Wunderbares. Ein älteres Ehepaar mit Namen Gnauk gab uns seine Wohnung, sie selbst zogen in ihr Gartenhäuschen. Sie versorgten uns mit Esswaren und luden uns ins Gartenhäuschen ein. Immer dabei war ihr Hund Senta. Ein neuer Spielkamerad war für mich gefunden.

Es war schön, zu empfinden, wie fremde Menschen, die der Krieg noch nicht erreicht hatte, aber die auch hungerten, uns behilflich waren.

So war es nicht immer.

Ich werde später darauf noch eingehen, wie „Deutsche" uns behandelt haben.

Wir blieben dort bis Ostern 1945 und sind dann „weitergezogen".

Der Krieg trieb uns wie ein Stück Holz im Wasser. Der Gedanke war: „Nur weiter".

So landeten wir in Schöneck/Plauen. Als Unterkunft diente uns dort eine Skihütte mit Sprungschanze. Man schlug sich durch und erwartete den Frieden.

Eines Tages liefen wir zu unseren Müttern und waren ganz aufgeregt: „Wir haben mehrere Männer begraben." Den Schreckensausdruck in ihren Gesichtern kann man sich vorstellen.

Die Mütter liefen mit uns an diese „Gräber" und staunten nicht schlecht.

Wir Jungen hatten die fortgeworfenen „Hitlerbüsten" begraben.

Viele Mütter hatten seit langer Zeit wieder ein Lächeln auf den Lippen. Man war froh, dass es nur Hitlerbüsten waren, und man vergrub sie noch tiefer. Es könnte ja sein, dass die Sieger sie finden und der Meinung sind, dass wir diese Büsten im Haus gehabt haben.

Auch diese Skihütte war nicht unser Endziel. Auch hier hieß es: „Immer weiter."

Es verschlug uns nach Neuruppin.

Hier wurden wir in der „Sowjetischen Kommandantur" untergebracht. Es waren zwei Frauen mit fünf Kindern. Die Frauen arbeiteten in der Kommandantur und somit brauchten wir nicht hungern. Die Mütter brachten immer genug zu essen mit.

Ich weiß noch, als meine Mutter später erzählte, wie ein

junger verheirateter Russe meiner Mutter Bilder seiner Familie zeigte und weinte. Er wäre lieber bei seiner Familie als hier. Hier muss man überlegen und feststellen, dass der Krieg der ganzen Welt geschadet hat und Millionen Menschen traurig und unglücklich wurden.

Nach einem halben Jahr sickerte die Nachricht durch, dass Neuruppin als russischer Sektor ausgebaut werden soll. Das war das Zeichen für meine Mutter: nur weg hier!

Und eines Nachts ist meine Mutter mit uns Kindern in den amerikanischen Sektor nach Berlin geflüchtet. Wir kamen in das „Auffanglager Wilmersdorf". Das „Auffanglager", allein das Wort sagt alles. Hier wurde das Treibgut des Krieges in Form von Menschen „aufgefangen".

In den Augen Hoffnung, nichts als Hoffnung!

Unser Vater

Marienburg nach der Zerstörung 1945

2. Nachkriegs-, Schul- und Berufszeit

Diese Baracken sollten unsere neue Heimat sein? Nein, das konnte nicht sein.

Diese Masse Mensch in dieser dunklen Zeit war traurig und erschreckend. Aber auch diese Zeit war beschränkt.

Bald wurden wir wieder „weitertransportiert". Uns verschlug es nach Norddeutschland in das Städtchen Hohenwestedt.

Dort wurde uns ein Raum von 16 qm im Haus des Direktors der Sparkasse zugewiesen. Die Ehefrau nahm uns widerwillig auf.

Wir waren für sie Habenichtse!

Mich nannte man den Polenjungen. Ich wurde somit vom Westpreußenkind zum Polenkind, so schnell ging es damals. Es schmerzt noch heute.

Meine Mutter wurde von dieser Frau beschimpft, sodass meine Mutter oft weinend dasaß. Es war bald nicht mehr zu ertragen.

Wir hatten alles verloren, aber unsere Ehre wollten wir nicht verlieren.

Die Toilette im Haus durften wir nicht benutzen, weil wir so ein WC nicht kannten und es beschmutzen könnten.

Furchtbare Situation!

Wir Kinder verstanden es nicht, und noch heute empfinde ich Wut und ja, Hass.

In deren Nähe gab es einen Bauernhof, auf dem ich mich fast immer aufhielt. Der Bauer war ein verständnisvoller Mann, der unsere Sorgen und Nöte versuchte zu mildern.

Ich ging dort ein und aus und bekam ein tolles Essen. Die ganze Familie war sehr fürsorglich.

Meine Mutter half bei der Ernte und ich im Stall. Pferde, Kühe, Schweine und allerlei Getier. Das war das Richtige für mich. Es kam etwas Freude und Liebe auf, da man es so lange vermisst hatte.

Dann kam ein Tag, den ich nie vergessen habe.

Eines Tages schauten wir aus unserem Fenster und unten auf der Straße stand ein abgerissener, in alten Uniformkleidern steckender, hagerer Mann.

Meine Mutter weinte und rief nur: „F r i t z!"

Ja, dieser verhungerte Mann war mein Vater!

Er schaute nach oben zu uns und sagte nur einen Satz, der mir noch heute im Ohr festsitzt: „Herta, bist du noch alleine?"

Dieser Satz wurde von aus dem Krieg heimkommenden Soldaten an ihre Frauen oft gestellt.

Aber mir sagte er damals nichts.

Für meine Mutter war es ein schöner Tag, aber für mich nicht. Ein für mich fremder Mann, den ich zum ersten Mal sah, kam in unsere Familie. In mir wuchs die Eifersucht.

Dieser Mann nahm mir meine Mutter weg.

Es dauerte eine Zeit, bis man sich aneinander gewöhnt hatte.

Mein Vater hatte gleich Arbeit und unserer Familie ging es ab jetzt etwas besser.

Aber unsere *Heimat* fehlte uns sehr.

Wir glaubten immer noch, unsere Heimat Marienburg wiederzusehen. Aber daraus wurde nichts mehr.

In Hohenwestedt wurde ich eingeschult. Meine Schultasche war der weiß angestrichene „Brotbeutel" von meinem Vater aus dem Krieg. Ich sah schon armselig aus.

Die Begrüßung in der Schule war furchtbar. „Da kommt das *Polackenkind*", riefen die anderen Kinder. Ich fragte mich: Woher haben die Kinder diesen Ausruf? Bestimmt von ihren Eltern. Furchtbar, diese menschenverachtende Art gegenüber Menschen, die alles verloren haben und nur einen Wunsch hatten: Ruhe, Frieden und Verständnis für ihre Situation!

Wenn die Schule aus war, bin ich zuerst in die Tierställe auf den Bauernhof gelaufen. Ich musste sehen, ob noch alle da waren.

Denn seit einiger Zeit war ein fremder Mann im weißen Kittel ab und zu im Stall bei „meinen" vier Pferden. Wer war er und was wollte er? War es der Tierarzt? Tierarzt, bei den Pferden? Das war kein gutes Zeichen. Nun gut, mein kleiner Schimmel „Mahle" hat wenig gefressen und gesoffen, aber krank? Mir gegenüber war der Bauer komisch und wich meinen Fragen aus. Es wird wohl alles gut sein, dachte ich.

Am Tag darauf, bevor ich zur Schule ging, lief ich in den Pferdestall und streichelte meine Mahle.

Dann ging ich wieder in dieses furchtbare Klassenzimmer. In den Schulpausen stand ich oft alleine mit einer tollen Brotscheibe dick mit Butter und träumte von der Zukunft.

Zukunft? Es wird bestimmt bald eine bessere Zeit auch für uns geben.

Nach dem Unterricht rannte ich so schnell ich konnte in den Pferdestall zu meiner Mahle.

Vor dem Stall stand ein Lastwagen mit der Aufschrift „Pferdemetzger".

Was, wie, was will der hier?

Ich rein in den Stall. Der Bauer wurde ganz rot und verlegen.

Ich rief nur: „Was ist los?" Ich rannte zu meiner „Mahle" und streichelte sie am Hals.

Metzger und Bauer sahen sich betroffen an, und der Bauer sagte: „Nichts ist, Klaus. Er schaut sich nur die Mahle an. Sie hat gehustet. Mehr nicht."

„Gott sei Dank!", rief ich.

Der Bauer sagte zu dem Mann: „So, jetzt hast du sie gesehen. Jetzt kannst du fahren."

Der Metzger fuhr vom Hof, und ich ging freudig nach Haus.

Tags darauf nach der Schule war mein erster Weg, wie immer, zu „meiner" Mahle. Es war merkwürdig ruhig auf dem Bauernhof. Der Bauer war nicht zu sehen. Der Knecht war auch nicht da.

Ich rein in den Stall, die Mahle war nicht da und die Pferdebox leer.

Mir stockte der Atem und meine Tränen liefen an meinem Gesicht runter.

Mein einziger Freund war ein Pferd und auch dies hatte mich verlassen.

Also doch „Pferdemetzger".

Man musste mich einige Tage trösten, damit ich wieder Menschen an mich heranließ.

Mit der Zeit wurde es in der Schule auch für mich besser. Ich hatte einige Freunde und bin in einen Turnverein eingetreten. Es kam etwas mehr Abwechslung in mein Leben. Durch die Arbeit meines Vaters ging es uns wieder etwas besser. Es kam auch eine katholische Gemeinde dazu. Sonntags wurde ein gemeinsamer Gottesdienst mit allen Flüchtlingen abgehalten. Aber nicht in einer Kirche, sondern in dem Kino von Hohenwestedt. Hier erhielt ich auch die erste heilige Kommunion. Der Freundeskreis wurde größer und man schloss auch Freundschaft mit dem „Polenkind" Klaus.

Bis 1945 war es eine normale Kindheit, allerdings weit weg von der Heimat und den Verwandten.

Dass wir unsere Heimat „Marienburg" noch einmal wiedersehen würden, daran glaubte keiner mehr.

Diese Vorhersage traf ein.

Abfahrt ins Ruhrgebiet

Dann wurden Arbeiter im Ruhrgebiet gesucht und wir zogen nach Essen in unsere „neue Heimat". Hierher zog es viele Heimatvertriebene, um sich eine neue Existenz aufzubauen.

Essen war zum großen Teil zerstört. Es gab keine Wohnungen, somit mussten Familien warten, bis die Väter Wohnungen fanden. Die Väter waren fast alle Baufachleute und fanden schnell Arbeit.

Der Bauherr teilte den Bauarbeitern ein Grundstück zu und die Väter bauten nach Feierabend Wohnungen für ihre Familien.

So war der Werdegang unserer Wohnung in Essen.

Und wieder begann ein neuer Lebensabschnitt.

Essen – die Perle des Ruhrgebietes. Essen – die Industriestadt, und später:

„Essen – die Einkaufsstadt."

Diese Stadt soll meine neue Heimat werden? Diese große Stadt machte mir Angst!

Aber sie hat mich auch mein ganzes Leben geprägt.

„Aus Trümmern auferstehen."

Man kann mal am Boden liegen, aber man muss immer wieder aufstehen.

Jetzt war ich also in Essen. Keine Bauernhöfe, keine Pferde und keine weiten Felder.

Es kann schon beklemmend sein.

Aber wir müssen uns eine neue Heimat schaffen und uns damit abfinden.

Mir fiel in der Schule gleich auf, dass mich keiner „Polenkind" nannte. Denn die meisten waren Flüchtlingskinder und somit waren wir unter uns. Und das war doch schon mal toll!

Auch die Lehrkräfte waren sehr verständnisvoll und fair.

Nach der Schule suchten wir Abenteuer in den unzähligen

Trümmern dieser Großstadt. Durch die Keller der zerbombten Häuser konnten wir kilometerweit zu anderen Straßen laufen. Für unsere Eltern natürlich ein Horror. Es taten sich Straßengruppen zusammen. Es war unser Bereich und unser Spielplatz. Da hatte kein Fremder was zu suchen. Ich erinnere mich an meine Gruppe: „Nieberdingstraße"!

Wir Kinder mussten uns oft selbst beschäftigen. Dadurch wurden wir auch sehr selbstbewusst und reifer.

Als dann in den fünfziger Jahren die große Bauwut kam, brauchte man Baumaterial: Steine, Blech, Buntmetalle usw.

Es war alles da und man musste es nur noch holen. Unter dem großen Schutthaufen – Essen – lag das wichtige Material.

Dann kam der Gedanke: Wir verdienen unser Geld durch Steinekloppen.

In der Gruppe zusammenarbeiten brachte den großen Erfolg.

Eine Gruppe grub die alten Steine aus und die andere Gruppe schlug den alten Putz mit dem Hammer ab. Die Steine wurden sauber gestapelt und am Abend von den Bauherren mit Lkw abgeholt.

Aber wer gut zahlte, bekam den Zuschlag!

Damals lernten wir auf der Straße:

„Freie Marktwirtschaft".

Blech und Buntmetalle: kein Problem.

In und auf die Trümmermauern steigen: Regenrinnen, Balkongitter, Blech abbauen und sammeln, fertig. Die Wirtschaft braucht Aufbaumaterial.

Dieses ganze Material wurde abends vom „Klingelspit" (Eisensammler) geholt und bezahlt.

So verstanden wir die „Freie Marktwirtschaft".

Klaus und die Essener Bande

Man gewöhnte sich an die Trümmerberge der Ruinen. Es waren nach dem Schulbesuch gute und interessante Spielplätze. Die Schule selbst war auch ein gutes „Kampfgebiet".

Wir hatten einen jungen Pfarrer und er war ein sehr strenger Bursche. Ich war in der 7. Klasse und 13 Jahre alt. Dieser Bursche hatte die Angewohnheit, uns mit dem ca. 2 m langen Zeigestock zu disziplinieren. Mit anderen Worten, ab und zu mit dem Stock unseren Rücken zu „streicheln" und damit zur Ordnung zu rufen. Das gefiel mir nicht immer.

Eines Tages war es so weit. Er „streichelte" meinen Rücken etwas zu hart. Ich ergriff den Stock und zog ihn dem Burschen aus der Hand und sagte barsch: „Aus jetzt, nicht mehr bei mir!"

Totenstille im Klassenzimmer. Der Pfarrer starrte mich an, sagte kein Wort und ging mit schnellen Schritten aus dem Zimmer.

„Oh Gott!", sagten meine Freunde. Ich selbst war auch erschrocken, aber ich dachte: Da muss ich durch!

Es kam, wie es kommen musste.

Unser Klassenlehrer, Herr Schröer kam und sagte ganz ruhig: „Klaus, komm zur Direktorin, Frau Korte." Ich stand auf, und mir war es, als hätte ich Gummibeine. Brechreiz kam noch dazu. Auf dem Flur sprach mein Lehrer ruhig mit mir und sagte: „Gehe jetzt zur Direktorin und erzähle die ganze Wahrheit."

Das tat ich auch, und ich muss sagen, alle hatten Verständnis.

Eintrag im Klassenbuch, Anschiss und raus.

Das war es.

Ein Gutes hatte es, dieser „Bursche" hat ab sofort in unserer Klasse seine katholischen, christlichen Werte nicht mehr vorgetragen.

Ab sofort wurde ich von ihm „göttlich" nicht mehr beachtet. Ich war der Judas der „Bardeleben-Schule".

Aber nur für ihn.

Für meine Kameraden war ich ein Held!

Ja, ja, die Schule ist eine Lernphase des Lebens.

Und ideenreich waren wir auch.

Im Nebengebäude war eine Mädchenschule. Die Mädchen hatten auch Kochunterricht im Lehrplan. Die Erzeugnisse ihrer Kochkünste, z.B. Pudding, wurden zum Abkühlen immer auf die Fensterbänke gestellt.

Ich fand dies sehr leichtsinnig.

Kurz gesagt, das Mädchengeschrei bei dem Verlust des Puddings war unangenehm. Der Pudding war gut, aber der Gang zu Frau Korte war auch nicht schön. Aber wir haben uns entschuldigt. Ich sagte einfach: „Wir wurden verführt und hatten Hunger."

Ab sofort gab es auf der Fensterbank keine Leckereien mehr. Wir Buben waren sehr traurig.

Familie Dettmer in Essen

Diese wunderbare Schulzeit nahm dann ein Ende und die Suche nach einer Lehrstelle begann. Aber diese Suche war damals nicht so anstrengend wie heute bei unserer Jugend. Man konnte sich noch einige Berufe aussuchen. Mein Vater arbeitete bei der Firma Krupp. Wo arbeitete der Sohn?

Ebenfalls als „Kruppianer in Essen".

Das war damals selbstverständlich. Wir waren eine große Familie.

Und das war die richtige Entscheidung für mich.

Wir bekamen eine fundierte und zeitentsprechende Ausbildung. In einer Lehrwerkstatt mit ca. 400 Lehrlingen.

Es war eine tolle Zeit, in allen Abteilungen zu arbeiten. Was macht ein Dreher, ein Schweißer, ein Schlosser, ein Schmied usw.?

Überall für eine kurze Zeit mitgearbeitet, dann entschied ich mich für den Beruf des Schlossers.

Nach zwei Jahren ging der Lehrwerkstatt-Aufenthalt zu Ende und ich kam in die Produktion im Lokomotivenbau. Eine interessante Aufgabe, an der ich viel Spaß hatte. Es war mir aber nicht genug und ich ging auf die Abendschule zu einem vorbereitenden Ingenieur-Studium. Auch dies war eine lehrreiche Zeit.

Meine Freunde gingen nach der Arbeit mit ihren Freundinnen zum Baden an den Baldeneysee und ich fuhr jeden Abend zum Studium nach Essen-West. Das tat schon weh! Ich hatte jedenfalls keine Langeweile.

Dann kam die Gesellenzeit und man verdiente Geld, damit war man selbstständig und frei.

Mein geliebter Vespa-Roller wurde gepflegt und behütet. Die Mädchen fanden den Roller auch gut.

Nicht nur der Roller, sondern auch der Rollerfahrer war bei ihnen im Blick. Ich fand es auch sehr angenehm.

Ich mit meiner geliebten Vespa

Mitte der fünfziger Jahre sah man immer wieder Plakate von einem „neuen Beruf" mit netten, jungen Männern in der Werbung: „Die Bundeswehr".

Auch bei mir kam Neugier auf und ich interessierte mich dafür.

Ich wollte Neues entdecken, andere Städte sehen und verschiedene Menschen kennenlernen.

Ich ließ mir Unterlagen zusenden und sie wurden genau studiert.

3. Die Bundeswehr

Was soll ich sagen, mein Entschluss stand fest und am 1. Februar 1959 reiste ich mit Minigepäck zur Grundausbildung zum LwAusbRgt Uetersen. Dort wurde der Grundstein zu meinem späteren Beruf gelegt:

Berufssoldat

Ein Sammeltransport mit der Bahn brachte uns „Neukrieger" über Hamburg nach Uetersen.

Vor dem Flugplatz warteten schon in Dunkelblau gekleidete Männer, um uns in Empfang zu nehmen. Und dann ging es gleich richtig los.

Alle da? Gepäck aufnehmen, im Laufschritt marsch, marsch! Im Laufschritt mit dem Koffer am langen Arm.

Der Arm wurde immer länger und meine Zunge hing auch immer länger aus meinem Hals vor lauter Luftknappheit. Ich achtete nur auf meine Füße, damit ich nicht auf meine raushängende Zunge trat. Ja, da hatte ich mir was eingebrockt. Ich überlegte, ob ich nicht einfach in die andere Richtung zum Zug nach Essen laufen sollte. Aber dann sagte ich mir: Nein, ich halte durch. Die anderen Burschen hatten auch so einen roten Kopf wie ich. Dann kamen wir in der Unterkunft an und das Leben sah schon wieder besser aus.

Diese schnaufende und dampfende Horde stand taumelnd vor dem Kompaniegebäude.

Rufen, Schreien und laute Befehle. Name, Zimmernummer, Stockwerk, Essen 18.00 Uhr und wegtreten.

Mein Gott war das viel auf einmal. Ab ins Zimmer, Koffer auf ein Bett geworfen und mich gleich daneben. Wahnsinn, was mache ich hier? Sechs Mann auf einer Bude und wir schauten uns mit hängender Zunge an. Jeder hatte den gleichen Gedanken: Schlafen. Ich dachte mir, viel schlimmer kann es nicht kommen.

Falsch gedacht!

5.30 Uhr ein Schrei: „Kompanie – aufstehen!

Ich schoss in die Höhe vor Schreck: Raus aus dem Bett. Nur bin ich verschlafen zur verkehrten Seite rausgesprungen. Gegen die Wand. Na, bravo, der Tag beginnt toll. Ich freue mich richtig darauf.

Das war begründet, denn der Tag begann, wie der „erste Tag" endete: Laufen, Schreien, Befehle. Es war im Moment nicht meine Welt. Meine Kameraden sahen auch „freudig" in diesen Tag. Aber komisch, wir ließen alles über uns ergehen.

Denn wie sagte immer mein Vater: „Angst ist ein schlechter Begleiter." Und in der Zukunft gesehen hatte er recht.

Die dreimonatige Grundausbildung ging vorbei wie im Flug: Marschieren, Schießen und theoretische Ausbildung folgten Tag für Tag.

Aber Flugzeuge oder selbst zu fliegen, davon war nichts zu sehen. Ich bin bei der Luftwaffe, aber wo wird geflogen?

Hier werde ich nicht in die Luft kommen. Ich wollte in den Himmel, wollte fliegen.

Dann war die Grundausbildung vorbei.

Meine Versetzung war am 1. Dezember 1959 nach Lagerlechfeld.

Wohin? Nie gehört. Es war für mich am Ende Deutschlands.

Genau so war es. Von Hamburg nach Bayern, und zwar nach Augsburg. Ich fuhr mit dem Zug nach Süden, immer nach Süden. Durch Essen-Hauptbahnhof fuhr der Zug auch. Und ich überlegte, in Essen auszusteigen, und das Thema Bundeswehr hätte sich erledigt. Nein, diese Aktion wird durchgezogen.

Es war hart, in dieser Stadt waren meine Freunde (?) und meine Freundin und ich fuhr Richtung Bayern – bravo!

Der Zug kam in Augsburg an und ein Bus fuhr uns nach Lagerlechfeld.

Ein riesiges Gelände. Eine Fernmeldeschule der Luftwaffe und der Flugplatz mit den Flugzeugen.

Jetzt bin ich den Flugzeugen schon näher.

Der Flugplatz hat eine alte Geschichte. Während des Krieges ist hier das erste Düsenflugzeug gestartet und es flog. Einer der ersten Piloten war ein gewisser Galland.

Ein Meilenstein in der Geschichte!

Weiter zurück in der Geschichte gab es die berühmte „Schlacht auf dem Lechfeld".

Aber jetzt war ich hier an der geschichtlichen Stelle. Es war gut hier und ich wurde als Fernmeldesoldat ausgebildet. Es war eine fundierte und qualifizierte Ausbildung, die man auch im Zivilleben sehr gut gebrauchen konnte.

Aber geflogen mit einem Flugzeug bin ich immer noch nicht. Das muss sich ändern, aber wie?

Ich hatte im Kasino ein Bundeswehrheft gelesen. Große Überschrift:

„Die Fallschirmtruppe sucht Nachwuchs".

Das war es, was ich suchte. Auf in die Luft mit den Flugzeugen.

Jetzt war meine Neugier erwacht und ließ mich nicht mehr los. Mein Entschluss stand fest:

„Ich werde Fallschirmjäger."

Aber wie geht das? Versetzungsgesuch schreiben, bangen, warten und ab in die Luft. Von wegen.

Dreimal wurde mein Gesuch abgelehnt. Ich war stinksauer und bat um ein Gespräch mit dem Kompaniechef.

Er hörte ruhig zu und sah, wie traurig ich schaute. Er sah mich an und sagte: „Na gut. Ich lasse Sie ungern gehen, aber Sie müssen mir versprechen, wenn Sie im Sprungdienst sind, auch einmal in Lechfeld zu springen."

Ich sagte freudig: „Klar mach ich das." Im Moment hätte ich alles versprochen.

Dann ging es Schlag auf Schlag. Packen der Ausrüstung und Verabschieden bei den Kameraden. Es war nicht einfach, die Kameraden und Freunde zu verlassen. Aber sie freuten sich mit mir, und am 1. Dezember 1960 saß ich im Zug, denn ein Auto hatte damals fast kein Soldat, Richtung Esslingen/Neckar zur „Luftlande-Division 9".

Jetzt bin ich auf dem Weg zum Fliegen und Fallschirmspringen.

In Esslingen angekommen, suchte ich als Erstes den Flugplatz. Flugplatz, aber wo? Es war eine kleine Stadt ohne Flugplatz, aber mit einer schönen Burganlage.

Na bravo! Hier bin ich richtig, oder?

Man holte mich ab und brachte mich in die Funkkaserne zum Fernmeldebataillon 9. Dieses Bataillon gehörte zur Luftlandedivision. Das war natürlich ein gewaltiger Fortschritt.

Am Anfang war es schwer für mich. Neue Umgebung und andere Kameraden. Ich fühlte mich sehr wohl, denn ich war bei der lang ersehnten Fallschirmtruppe. Ich war jetzt Fallschirmjäger, ohne einmal gesprungen zu sein. Aber es wird schon.

Jetzt kam mir meine gute Ausbildung bei der Luftwaffe zugute. Nach einem halben Jahr wurde ich Führer eines Fernmeldetrupps. Da war ich sehr stolz.

Mein erstes Kommando!

Ich war Gefreiter und „Chef" meiner Soldaten.

Auch die Beurteilung meines Kompaniechefs war sehr positiv.

Aber für mich war nur wichtig: Wann gehe ich zum Fallschirmspringen?

Der Kompanie wurden zehn Ausbildungsplätze an der Fallschirmsprungschule Altenstadt/Schongau zugewiesen.

Toll, dachte ich, jetzt geht's los. Ja denkste!

Zwanzig Soldaten warteten auf diese Ausbildung. Was tun? Ein Ausleseverfahren wurde durchgeführt.

Alle zwanzig Soldaten mussten sich stellen und Übungen durchführen wie Tragelauf, Liegestütze, Langlauf, Hindernislauf und noch andere „Schweinereien". Wer am besten war und die meisten Übungen schaffte, kam weiter.

Mein Ehrgeiz war grenzenlos. Es ging jetzt nur um mich. Besser und schneller zu sein als alle meine Kameraden.

Was soll ich sagen: Ich war dabei!

Ein irrer Stolz erwachte in mir. Ich habe es geschafft, toll. Die nicht bestanden hatten, waren traurig, ja, sauer. Ich habe es gut verstanden, denn ich wäre es auch gewesen. Aber in der Kantine und nach einigen Bierchen sah es für alle wieder gut aus.

Für mich war es ein persönlicher Erfolg, weil ich mein Ziel

nie aus den Augen verloren hatte. Genauso wie ich meine Zukunft nie aus den Augen verloren habe.

Aber im Jahre 1960 in Esslingen war ich auf dem richtigen Weg!

4. Ich werde Fallschirmjäger

Dass der Weg dahin nicht einfach sein wird, war mir klar. Aber so hart und streng musste er nicht sein. Im Jahr 1960 war man jung und kräftig.
Mein Spruch damals war:
Luftlandeschule Schongau – ich komme!
Jetzt war ich da und schon wieder dies Gerenne und Geschrei.
Naja, was soll es. Machen wir mit und denken uns nichts dabei. Es wird sich schon alles beruhigen, dachte ich. Mit dem Denken ist das so eine Sache. Es wurde noch schlimmer.

1960 Fallschirmjägerausbildung

Die einzige Bewegungsart war: Laufen!

Ich konnte mich erinnern, es gab noch andere Arten der Fortbewegung: gehen, schnell gehen usw. Nein, hier gab es nur eine Fortbewegungsart: Laufen!

Na bravo, sagte ich mir, vielleicht ist es bis zum Allgäu noch nicht vorgedrungen, dass man auch „gehen" kann. Nein, das war ein Fehlgedanke.

Ab sofort ist die Bewegungsart nur noch: Laufen. Toll!

Von morgens bis abends war die anstrengende Ausbildung mein Begleiter. Täglich Stationsausbildung, bis man alles im Schlaf beherrsche. Nachts träumte ich von der Ausbildung.

Mein Lieblingsgerät war der Sprungturm. Er war nur „12" Meter hoch. Aber wenn man oben stand, waren es geschätzte „50" Meter. Und da runterspringen?

Man konnte oben aber sehr schön weit sehen. Die Berge waren so nah, und wenn man runterschaute, waren die Ausbilder ziemlich klein.

Man wurde angegurtet und sprang dann aus dem Turm, und runter ging es immer.

Ich vergaß beim ersten Sprung fast zu atmen. Aber es war einfach toll.

Dieses zwischen Himmel und Erde sein hat schon was. Aber es sind hier nur 12 Meter. Aus dem Hubschrauber oder Flugzeug sind es 400 bis 500 Meter. Was soll es, auch dies kriegen wir hin. Glaube ich.

So verliefen die Tage mit Ausbildung und Sport. Und natürlich mit der Bewegungsart – Laufen.

Dann kam der erste „scharfe" Fallschirmsprung. Die Nacht davor – grausam. Kein Auge zugemacht.

Alles ging noch einmal durch meinen Kopf: Schirm anlegen, Beingurte überprüfen, Haken mit Sicherungsstift und, und, und!

Morgens sehr früh aufgestanden. Frühstück – Fehlanzeige. Ich kriege nichts runter. Mir ist nicht gut. Warum nur? Ich habe alles geübt und ich kann alles.

Abfahrt zum Flugplatz. Merkwürdig, es ist so ruhig auf dem Lastwagen. Gequältes Lächeln. Missratene Witze auf flaue Mägen.

Heute ist unser erster Sprung aus einem Hubschrauber, Typ „VERTOL", im Volksmund BANANE, weil er wie eine fliegende Banane aussieht.

Bei der Ankunft auf dem Flugplatz sind die Helis schon da. Sie machen einen höllischen Lärm.

Hektisches Treiben um uns herum.

Absitzen, Schirm empfangen und in Reihe antreten.

Ab jetzt lief alles routinemäßig ab: Schirm anlegen, überprüfen usw.

Dann ging es los. Rechts um und Maschine besetzen.

Ich war, zu meinem Schrecken, erster Springer. Wir stiegen in die Maschine, ich als Letzter. Das hieß, ich bin erster Springer.

Na prima!

Mein Magen krampfte sich zusammen. Was mache ich eigentlich hier? Ich steig jetzt aus und fahre nach Hause.

Zu spät.

Der Hubschrauber hob mit höllischem Lärm ab, ich war dabei und ganz vorne an der offenen Tür.

Mein Gott, fliegt der aber hoch, ich glaube, ich hatte noch nicht einmal rausgeschaut. 500 Meter sind ganz schön hoch.

Mit einem Auge schaute ich raus und erschrak. Unter mir die kleine Erde und ich mit flauem Magen in der Luft. Mit einem Mal sah ich es mit anderen Augen. Mann, war das schön!

Ich fliege über Bäume und Wiesen. Herrlich, wie schön die Welt von oben ist.

Aber dann der Schreckensgedanke: Hier muss ich rausspringen. Wieder ein Schlag in die Magengrube.

Dann laute Kommandos, und ehe ich noch lange überlegen konnte saß ich in der Tür und meine Beine baumelten 500 Meter über der Erde.

Ich stellte mich darauf ein, und mit dem Schlag vom Absetzleiter auf meiner Schulter stemmte ich mich mit beiden Armen ab und fiel in die Tiefe, dabei zählte ich: hopp – tausend, zweitausend, dreitausend und viertausend.

Jetzt musste mein Schirm offen sein und alles war in Ordnung.

So war es!

Ich nahm beide Hände an die Gurte und schaute mich um. Um mich herum hingen noch mehr so „Irre" an Fallschirmen. Die Spannung löste sich so langsam, während ich zur Erde herabsank. Es war so schön ruhig hier oben. Ich schaute nach unten, um mir einen Landeplatz zu suchen.

Mir kam es dabei so vor, dass ich nicht nach unten schwebte, sondern dass die Erde zu mir hinaufkam.

Jetzt wurde es aber Zeit, denn noch 50 Meter bis zum Boden, Füße zusammen, leichte Kniebeuge, Fußspitzen leicht nach unten und Hände an die Gurte. Und so landete ich: Füße, Hintern, Kopf und „ein großes Platsch".

Ein schöner Landefall war dies nicht, aber ich war wieder auf der Erde.

1962 – privates Fallschirmspringen

Dann stand auch schon ein Ausbilder neben mir und schrie: „Haben Sie alles verlernt beim Landefall?"

„Ist mir klar, war nicht gut, werde es beim nächsten Mal besser machen."

Der hatte mir gerade noch gefehlt!

Aber er hatte recht. Schwamm drüber, weitermachen.

Am gleichen Tag wurde noch ein Sprung durchgeführt. Durch den „Anschiss" klappte dieser Sprung gut und der Tag war gelaufen.

Aber mich hatten die beiden Sprünge geschafft und ich war „fix und foxi".

Das Springerabzeichen gibt es erst nach fünf Sprüngen.

Jetzt erwarteten uns noch die Sprünge aus dem Flugzeug, und zwar aus der „NORATLAS". Es war ein Zweirumpfflugzeug.

Ein treues, ehrliches Arbeitspferd, von uns nur genannt: die „NORA".

Die nächsten Tage waren ausgefüllt mit Ausbildung und Drill, ja Drill. Es war unsere Lebensversicherung, alles wie im Schlaf durchführen zu können. Und unser Drang war, das „Deutsche Springerabzeichen" zu erlangen.

Heute war der Tag der Sprungausbildung aus der alten „NORA".

Das Flugzeug ist aber sehr groß, und es sieht für mich wunderschön aus. Großer Innenraum, und man kann, gegenüber einem Hubschrauber, aufrecht stehen.

Mit angelegter Ausrüstung werden die Maschinen besetzt. Die Motoren laufen und ab nach „oben". Dann geht alles ganz schnell.

Grünes Licht des Piloten. Einhaken.

Vorrücken zur Tür. Raus in die freie Natur.

Toll!

So geht die Gesamtausbildung zu Ende und nach fünf Sprüngen hat man die Aufgabe erfüllt und man erhält das

„Deutsche Springerabzeichen (Bronze)".

Mann, war ich stolz. Ich, als Gefreiter, mit weit sichtbarem Springerabzeichen an der Uniform.

Man stelle sich vor:

Ein Gefreiter mit Springerabzeichen an der Uniform begegnet einem Unteroffizier „ohne" Springerabzeichen.

Das hat was!

Wie erhaben man „vorbeischreitet".

Der Lehrgang ist erfolgreich beendet und man fährt zu seinem Stammtruppenteil zurück.

Danach: Rückmeldung beim Kompaniechef!

Es war ein gutes Gefühl!

5. Unteroffizierausbildung

Aber der Alltag holte uns bald wieder ein. Der Chef holte uns von „oben" runter und die Ausbildung ging weiter.
Funkausbildung, Gruppenführerausbildung usw.
Ich wollte weiterkommen. Mein nächstes Ziel:

Unteroffizier!

Jetzt begann wieder eine neue Ausbildung. Die Fachausbildungslehrgänge waren bestanden.
 Nun ging es für drei Monate nach Starnberg zum Unteroffizierlehrgang.
 Ich, der Westpreuße, nach Bayern. Mein Gott, wie soll man diese „Bergvölker" verstehen! Soll ich mir einen Sprachführer kaufen? Naja, ich glaube, ich werde sie schon verstehen.
 Es sind ja im weitesten Sinne auch Deutsche.
 Schon ging es wieder los: Ausrüstung packen, Privatsachen und etwas Persönliches mitnehmen, Bahnkarte empfangen – und schon war ich unterwegs nach Bayern.
 Ein mulmiges Gefühl fuhr mit.
 In Starnberg angekommen, wurden wir schon erwartet.
 Aber wo sind die Berge und wo die Bayern? Siehe da, man versteht unsere Sprache. Denn zum Glück: Sie sprechen Deutsch und man versteht uns.
 Toll, ein Problem weniger.
 Die Kaserne war gut und schön angelegt. Ausladen, Schrank einräumen und schlafen.

Der Tag erwachte und wir auch. Auf einmal merkten wir, das hier ist kein Kuraufenthalt.

Schreien, Rufen, Raustreten, Ausrichten, Durchzählen, mein Gott, was für eine Hektik.

Jetzt war auch mir klar: Klaus, du bist in der Unteroffizier-Ausbildungskompanie angekommen. Der Tag beginnt mit Befehlen und Gehorsam. Tolle Sache.

Naja, ob es so gut wird, werden wir sehen.

Der Kompaniefeldwebel (Mutter der Kompanie) machte eine Gruppeneinteilung. Es werden zwölf Gruppen eingeteilt. Wir waren zwölf Soldaten der Fallschirmtruppe. Prima, dachte ich mir, eine tolle Gruppe.

Aber, hallo, was rief der KpFw da? „Alle Fallschirmjäger vortreten." Zwölf Fallschirmjäger traten vor. Ich natürlich auch.

„Was soll das?", überlegte ich. Aber langsam begriff ich. Es wurden zwölf Gruppen mit je zwölf Soldaten gebildet.

Nur wir standen noch da. Dann kam das erlösende Wort vom „Spieß": „So, meine Herren Fallschirmjäger", er sagte tatsächlich „Herren".

Ein schlechtes Omen!

Ich hatte recht.

Er schaute uns an und sagte: „Ihr glaubt doch nicht, dass wir aus euch eine Gruppe bilden. Wer will denn diesen ‚Wahnsinnshaufen' führen?"

Und so nahm das Schicksal seinen Lauf.

Er rief: „In jede Gruppe ein Soldat der Fallschirmtruppe: Marsch, marsch."

Wir schauten uns an und blieben stehen.

Der Spieß meinte es ernst. Jetzt schrie er noch einmal: „Marsch, marsch."

Jetzt hatte auch ich es verstanden und rannte um mein Leben zu einer Gruppe.

Es war die 6. Gruppe der UffzAusbKp Starnberg.

Die grinsenden Ausbilder habe ich jetzt verstanden. Keiner wollte zwölf Fallschirmjäger als Gruppe haben.

Stress pur!

Sie müssen getrennt werden. Dieser Schachzug war ihnen geglückt, aber uns trennte nichts.

Ja, die Ausbildung ging los mit allen Arten der Gefechtsausbildung.

Wir (Jäger) waren bei der Ausbildung getrennt, aber ein Ritual haben wir fast drei Monate eingehalten: Frühstück, Mittagessen und Abendessen nahmen wir gemeinsam ein.

Ich fand es toll.

Gut, die Abende im Kasino waren ab und zu hart. Wer kann denn, bitte schön, fünf oder sechs Bier trinken. Ich nicht. Deswegen war ich immer der „Fahnenflüchtige". Heimlich und still verschwunden. Meine Kameraden haben es hingenommen.

So vergingen die Wochen und wir jungen, stolzen Burschen haben alles mitgetragen und sind mit geschwellter Brust aus allem gut hervorgegangen.

Dann kam die Abschlussprüfung. Bestanden oder nicht bestanden. Sogar mir schmeckte das Bier nicht mehr. Kein langes Nachdenken, es ging los morgens um 1.00 Uhr. Tolle Zeit, oder?

Ich wusste gar nicht, wo ich war. Und dieses furchtbare Geschrei: Alarm, aufstehen und in 15 Minuten Abmarsch.

15 Minuten – Moment, ich muss noch auf Toilette.

„Sie müssen in dreißig Minuten in Ihrem Kampfstand sein."

Was ist los? Ich dachte, ich bin im Wald."

War ich noch nicht, aber bald!

Die Gruppen bekamen ihren Auftrag und es kehrte etwas Ruhe ein. Alle Gruppen zogen los in die dunkle Nacht. Leise und ruhig.

Sind Sie schon einmal „leise und ohne Lärm" durch einen dunklen Wald um 2.00 Uhr nachts gegangen? Da haben Sie was versäumt! Wenn der vor Ihnen gehende Soldatenfreund einen Ast loslässt? Da kommt Freude auf, wenn Ihnen mitten im Wald ein Ast in die Fresse haut. Übungszweck: Das stille und leise Durchqueren eines Waldes. Freunde, da muss man Nerven haben.

Dieser Schrei des Getroffenen und der Schrei des Ausbilders zusammen, ich muss euch sagen, und das im Wald, ja, das ist ein tolles Erlebnis.

Das könnt ihr noch euren Enkelkindern erzählen und ihr habt Erfolg in jeder „Talkshow". Auch dieses Drama ist irgendwann zu Ende. Dachten wir. Rückmarsch in die Kaserne. Uhrzeit: 3.30 Uhr.

Jetzt eine Dusche, Essen und Trinken. Aber das Wichtigste: Schlafen.

Wir kommen in die Kaserne und sofort Einrücken in den Hörsaal.

„Bitte, ich habe verstanden ‚Hörsaal'."

„Genau, Leute. Gepäck ablegen und im Hörsaal Platz nehmen."

Vor uns liegen Testbögen und (die) müssen sofort und so schnell als möglich ausgefüllt werden.

„Keine Fragen, sofort anfangen."

Wo sind wir denn hier gelandet? Aber man meinte es ernst.

Wir begannen mit den Testbögen und gleichzeitig hörte

man aus vier Lautsprechern im Hörsaal Kampfgespräche, Motorengeheul, Schießen und Befehle.

Und wir bearbeiteten unsere Testbögen morgens um 3.00 Uhr.

Toll, aber es war eine Prüfung fürs Leben!

Es gibt im Leben nichts geschenkt. Man muss sich alles im Leben erarbeiten.

Da begann ich zu denken und zu handeln.

Diese „Klapsmühle" Starnberg wurde von mir mit „Bestanden" beendet.

Ich war froh und zufrieden und bin zurück zu meiner Stammeinheit.

Aber in meinem Liebesleben hatte sich etwas geändert. Ich, der Westpreuße, hatte eine Frau fürs Leben gefunden. Alles konnte man ohne Dolmetscher bereden. Manche „Sachen" wurden auch ohne Sprache erledigt. Naja, was soll ich sagen: Heirat, Familie und meine Tochter. Alles militärisch: kurz, knapp und schnell.

Die Familie war in Starnberg und mein Dienstort war Esslingen. Es war manchmal hart und traurig, aber wir haben alles gemacht, um eine gute Familie zu sein. Die Familie sollte zusammen sein, und bald kam die Gelegenheit dazu.

Ich wurde 1962 nach Philippsburg bei Karlsruhe versetzt.

Jetzt war die Familie zusammen und das Leben wurde etwas leichter.

6. Bundeswehrstandort Philippsburg

Philippsburg, mein Gott, wo ist denn dieses Kaff? Also, ab Richtung Karlsruhe, links ab und dann ist man da. Gedacht und durchgeführt.

Philippsburg ist eine kleine Stadt mit langer Geschichte. Damals die „Festung Philippsburg" am Rhein. Aber am Anfang habe ich diese Stadt nicht gemocht. Später habe ich sie förmlich geliebt. Es wurde meine Heimat, und es fiel mir sehr schwer, sie nach 16 Jahren zu verlassen. Im Standort Philippsburg angekommen, ging es in die Salm-Kaserne zur Ausbildungskompanie.

In dieser Kompanie hatte ich in der Zukunft Rekruten zu erziehen und auszubilden. Ich wurde als Gruppenführer eingesetzt und war nun „Chef" von zwölf Soldaten.

Am Anfang war es nicht einfach, diese vielfältige Aufgabe durchzuführen. Aber man wuchs mit der Verantwortung und es war eine tolle Aufgabe für mich.

Wenn man sah, wie diese jungen Burschen am Anfang nicht einmal „geradeaus" in der Gruppe gehen konnten und dann wurden sie mit der Zeit eine prima Gruppe und Einheit. Es war eine schöne Zeit, mit den Kameraden gemeinsame Aufgaben zu bewältigen. Militärische Ausbildung und Sport waren unser tägliches Brot.

Nach drei Monaten waren die Männer ausgebildet und fertige Soldaten. Jetzt wurden sie versetzt und es kamen neue Männer und das Spiel begann von Neuem.

Ein neuer Abschnitt begann für mich jetzt mit der Ausbildung zum Feldwebel. Zur Feldwebelausbildung ging es wieder nach Starnberg, nach drei Monaten schloss ich den Lehrgang mit „Erfolg" ab.

Familie in Philippsburg

Nun wurde ich zum „Stellvertretenden Zugführer" ernannt.

Diese Verantwortung war sehr groß.

Alle Eltern schicken ihre jungen Söhne in die Obhut wildfremder Menschen, nämlich zu uns jungen Ausbildern. Sie wollen ihre Söhne am Ende ihrer Dienstzeit gesund zurückhaben. Das war meine wichtige Aufgabe, die ich mit Ernst wahrgenommen habe. Darauf bin ich sehr stolz.

Aber auch diese Zeit ging einmal zu Ende. Ich war vorgesehen für den Innendienst. Ich, als „Innendienstler", nein. Aber alles Sträuben half nicht. Der Bataillonskommandeur sagte dann auch: „Schluss jetzt, ab sofort sind Sie mein S3-Feldwebel. Ab zum Stabsgebäude, basta!" Was sagt man als Feldwebel: „Jawohl, Herr Oberstleutnant." Kehrt, Abmarsch und Ende.

Nun begann für mich eine ganz neue Art der Arbeit: Schreibkram, Papier, Schreibkram, Papier usw. Toll, oder?

Naja, nach kurzer Zeit habe ich mich damit abgefunden, und es war eine neue Erfahrung. Andere Gedanken und Weitsicht, die mich sehr geprägt haben. Tue jede Arbeit so gut du es kannst, dann hast du deine Erfüllung!

Ende der sechziger Jahre wurde die neue Laufbahn „Offizier des militärfachlichen Dienstes" ins Leben gerufen.

Das mach ich auch!

Meine Kameraden frotzelten: „Du, Offizier, nee wa?"

„Doch", sagte ich, „ich mach es!"

Als ich dann die Unterlagen eingesehen habe und den Ausbildungsplan sah, erschrak ich doch.

Ausbildungszeit: ungefähr 3 Jahre.

Oh, Männer, wie erkläre ich das der Ehefrau.

Naja, was soll ich sagen, dieses Hindernis wurde beseitigt und jetzt kann es losgehen.

Dachte ich.

Aber nun kam der Ausbildungsplan:
- psychologischer Test
- mittlere Reife Karlsruhe
- Fachausbildung Hilden
- Fachausbildung Sonthofen
- Fachausbildung Heidelberg

- praktische Ausbildung Darmstadt
- praktische Ausbildung Philippsburg
- Offizierausbildung Hannover

Mehr nicht, dachte ich und verdrehte die Augen.
Da hatte ich schon Zweifel, ob ich es wirklich will.
Nach der Beratung mit der Familie kam der Entschluss: Ja, ich mach es!
Und der „Spaß" begann. Spaß? Naja, jetzt war ich wieder Schüler und Lehrgangsteilnehmer mit 33 Jahren. Nach einigen Anlaufschwierigkeiten machte es mir immer mehr Spaß.
Die Schule und alle anderen Ausbildungsfachrichtungen hatte ich bestanden. Von zehn Kameraden blieben am Schluss zwei Teilnehmer übrig.
Einer der Teilnehmer war ich, und am 1. Oktober 1976 wurde ich in Hannover zum Leutnant befördert.
Mann, war ich stolz und meine Ehefrau Hannelore und meine Tochter Bettina auch.
Gleichzeitig wurde ich am 1. Oktober 1976 zur Standortkommandantur München versetzt.
Jetzt begann der Ernst des Lebens als Offizier am Standort München.

7. Standortkommandantur München

Nun bin ich also in München gelandet. Die Dienststelle ist mitten in München und es ist eine tolle Stadt. Ein altes, schönes Gebäude und es sieht erhaben aus. Beim Betreten war ich doch sehr nervös. Wie immer wird der „Neue" beobachtet und taxiert.

Wo kommt er her, was sagt er und wie macht er seine Arbeit? Alles Neue stürzte auf mich ein.

Als eingesetzter S3-Offizier ist man verantwortlich für
- Planung
- Ausbildung
- Führung

und in Zweitfunktion für die „Alarm- und Mobilmachungsunterlagen (AuM)" der Einheit.

Auch merkte ich ein Misstrauen mir gegenüber.

Alles dies ist normal, es wird höflich übersehen. Man muss sich und den Mitarbeitern beweisen, dass man es kann. Das ist mir gelungen und die Arbeit konnte beginnen.

Es folgte eine sehr anstrengende, schöne Zeit, an die ich immer gerne zurückdenke. Über all die Jahre entstand zwischen uns allen eine echte Kameradschaft, ja, teilweise eine Freundschaft.

Ausbildung, Sport und Bergwanderungen gehörten auch zu unserem Ausbildungsplan. Es schweißte zusammen und das Verständnis füreinander wuchs.

So gingen die Jahre dahin und es wurden einige Mitarbeiter entlassen und es kamen neue dazu.

Das Jahr 1985 war für mich kein gutes Jahr. Ich fiel, wie man sagt, auf die „Nase". Und zwar ganz fürchterlich.

Mein Herz wollte nicht mehr, wie ich es wollte. Ich war einige Zeit aus dem Geschäft: Operation, Kuraufenthalt und Aufbautraining.

Dann wieder rein in den Dienst, denn es musste weitergehen. Es ging weiter mit „angezogener Handbremse".

Über die Monate wurde es immer besser mit meiner Gesundheit, und das war das Wichtigste.

Mit der Zeit wurde ich dann zum Oberleutnant befördert und nach einiger Zeit zum

> Hauptmann der Bundeswehr.

Dienst mit 50 Jahren: Ziel erreicht?

Die Zeit bei dieser Dienststelle verflog wie im Flug. Und es kam, wie man es erwartete: Am 10. Oktober 1989 wurde ich versetzt auf den Dienstposten eines

„Kompaniechef der Bundeswehrfachschulkompanie München".

Es begann wieder eine neue Aufgabe mit einer großen Verantwortung.

Die Verabschiedung von allen Kameraden und Mitarbeitern der Dienststelle war nicht so traurig, weil ich in München blieb.

Wie sagte man bei uns: „Ich wurde innerhalb Münchens umgebettet"!

8. Bundeswehrfachschulkompanie München

Als ich morgens zu meiner neuen Dienststelle fuhr, hätte ich mich beinahe verfahren. Den alten Weg kannte mein Auto über Jahre. Denn ich war ja eine lange Zeit in der alten Einheit.

Verspätet traf ich in meiner Dienststelle ein.

Der Chef kommt am ersten Tag zu spät – toll. Es beginnt ja prima.

Auf den Chef wartet man ja „gerne".

Kurze Besprechung und die Arbeit wurde aufgenommen.

In dieser Fachschule waren zeitweise bis zu 250 Schüler.

Die meisten Soldaten waren zur Bundeswehr gegangen, um dann auch Berufssoldat zu werden. Sie verpflichteten sich 12 bis 15 Jahre, um Berufssoldat zu werden. Aber es wurden nicht mehr so viele Berufssoldaten in der neu umgegliederten Armee benötigt. Man konnte eine Auswahl treffen und der Großteil der Soldaten musste nach ihrer Verpflichtung die Bundeswehr verlassen. Viele standen jetzt mit ca. 30 bis 35 Jahren mitten im Leben mit einer neuen zivilen Voraussetzung.

Für manch einen war es ein großer Einschnitt.

Für diese Soldaten wurden die Fachschulen eingerichtet und hier konnten sie an dem sogenannten „Dienstzeitbeendenden Unterricht" teilnehmen. Hier wurde in verschiedenen Fachrichtungen der Eintritt in das zivile Leben erleichtert. Viele Soldaten waren enttäuscht, da die Bundeswehr sie nicht „wollte". Das zeigte sich auch bei vielen in den ersten Wochen beim Besuch der Schule.

Und da war es die Aufgabe auch des Chefs, helfend und fürsorglich einzugreifen. Es war nicht einfach, aber von großer Wichtigkeit. Man muss wissen, dass ungefähr 65 % der Soldaten Verantwortung für ihre Familien tragen.

Mit 32 bis 35 Jahren neu anzufangen, ist nicht leicht.

Sammelgespräche und Einzelgespräche waren an der Tagesordnung.

Die Einsicht, hier an der Schule den Neuanfang zu wagen, kam sehr schnell.

Für mich war es immer wieder gut zu bemerken, wie sich die Burschen „reinhingen", um gute Noten und Beurteilungen zu erlangen. Sicher gab es bei einigen Schwierigkeiten. Viele klagten über Probleme mit der Familie oder Freundin. Aber am Ende der Ausbildung war bei den meisten ein gutes Ergebnis zustande gekommen.

Das hat auch mich sehr zufriedengestellt und ich war froh und dankbar für diese Aufgabe, die man mir angetragen hatte.

Meine Devise war: Der Weg ist das Ziel zum Erfolg!

Stolz machte mich auch, dass ich „Disziplinarvorgesetzter" so vieler verschiedener Menschen einmal in meinem Leben sein durfte.

Die Jahre in der Schule waren auch für mich sehr lehrreich.

Aber man merkte auch, dass man älter wurde und meine Zeit hier an der Schule nicht für immer sein würde.

Dann kam der nicht unbedingt erwartete Brief vom „Bundesministerium der Verteidigung".

Man ahnte den Inhalt und wurde sehr nachdenklich.

„Sie werden mit Wirkung zum
01. Oktober 1992

> in den einstweiligen Ruhestand
> versetzt."

Peng! Das war's. Bundeswehr raus, Uniform aus und Zivil an.

Kurz und schmerzlos. Für mich war es nicht schmerzlos, denn für mich war es traurig.

Aber wenn es am schönsten ist, sollte man gehen.

Ich fand mich damit ab und bin am 01. Oktober 1992 zum Kasernentor rausgefahren und bin seitdem selten in einer Kaserne gewesen.

Aus – Schluss!

In der ersten Zeit habe ich meine Männer sehr vermisst!

9. Beginn der Pensionierung

Es ist 6.00 Uhr in der Früh und der Wecker surrt laut und aufdringlich. Ich raus aus dem Bett und ab ins Bad. Waschen, Rasieren usw. wie immer.

So, wo sind eigentlich meine Sachen?

Ganz leise meldete sich die Stimme meiner Frau: „Wo willst du denn hin?"

„Ja, ab in den Dienst", sagte ich.

„Welcher Dienst, du bist nicht mehr im Dienst", sagte sie mit einer mitleidenden Stimme.

Mensch, stimmt ja, mich will kein Dienstherr mehr.

Es muss schon saublöd ausgeschaut haben, als ich in der Unterhose in der Wohnung meine Sachen gesucht habe.

Also, gleich wieder ins Bett und weitergeschlafen.

Und so ist es mit mehreren Sachen passiert.

Es beginnt jetzt ein neuer und anderer Lebensabschnitt.

Für mich war es nicht leicht, dies als Tatsache hinzunehmen.

Was mache ich jetzt mit meiner Zeit?

Jetzt kann ich auch unter der Woche segeln gehen. Genau, das haben wir dann zur Genüge getan.

Ich habe mich dann an der Segelschule nützlich gemacht und es hat mir großen Spaß gemacht.

Es hat aber schon eine Zeit gedauert, bis man diese Freiheit bewusst wahrgenommen hatte.

Mit einem Wort: Es war toll!

Ohne Zeitdruck mit Freunden zusammen sein beim Segeln und Grillen.

Aber auch diese Zeit wird manchmal langweilig. Immer das gleiche Spiel.

Wir müssen raus in die Welt und andere Menschen und Länder sehen.

Und hierbei half ein Zufall!

Er sollte unser Leben über viele Jahre grundlegend ändern.

10. Aufenthalt in Spanien

Nun war ich bald ein Jahr in Pension und ich hatte mich an das „Nichtstun" gewöhnt.

Es war auch toll: Segeln, fischen, Sonne, Feste usw.

Eines Tages kam mein Segelfreund. Ich wusste, dass er ein Haus in Spanien hatte.

„Klaus, hier hast du einen Schlüsselbund. Damit fährst du nach Spanien und machst Urlaub in meinem Haus in *Benissa*. Im Winter steht es leer."

Ich fragte ihn: „Was soll ich denn dort? Da sind zu viele Spanier."

„Du Depp, es ist für dich kostenloser Urlaub."

„Na gut, gib schon her den Schlüssel."

Also, da haben wir den Salat. Ich fahre nach Spanien und schaue mir Wasser und Spanier an.

Toll!

Also, ab ins Reisebüro: Flug und Leihwagen bestellen.

Dann zum ADAC und eine Karte von Spanien holen.

Eine Menge Vorarbeiten. Karte von Spanien besorgt, denn man ist ja sehr weit von Deutschland weg. Flugschein und Leihwagen bestellt und nun werden die Koffer gepackt.

Jetzt geht's los.

Ab zum Flieger und morgens um 2.00 Uhr aufstehen. Ja, wirklich. Mitten in der Nacht um 3.00 Uhr holt uns Günther, unser Schwiegersohn, ab und führt uns zum „Airport München".

Kein Mensch in der Abflughalle um diese Zeit. Ziemlich groß alles, ohne Menschen.

Günther, der Schlauberger, fragt neugierig: „Wann geht denn der Flug?"

Ich sage locker: „Um 9.15 Uhr."

„Was?"

„Ja, um 9.15 Uhr, oder so."

Wir lachten und ich sagte: „Fahre nach Hause und wir wurschteln uns hier schon durch."

Gesagt und getan.

Nun saßen wir beiden „Trollos" in einer menschenleeren Abflughalle und warteten auf einen Schalter, der geöffnet wird.

Immer mehr Leute kamen und es wurde langsam voll von Menschen.

Wir suchten und fanden unseren Schalter: Zielort Alicante.

Papiere, Koffer abgeben, Bordkarten empfangen und ab Richtung „Gate 4".

Rein in den Flieger und einen Fensterplatz besetzt.

Der Flieger setzte sich in Bewegung und hob von der Erde ab und los ging es Richtung Alicante.

In der Ankunftshalle in Alicante Menschen, Kinder, Hundeboxen, Geschrei – und wir mittendrin.

Na toll, dieses Spanien!

Ich muss hier raus!

Halt, Leihwagen. Am anderen „Leihwagen-Schalter". Name, Papiere, Autoschlüssel und los zum Spiel: „Autosuchen".

Ich rannte an vielen Autos vorbei und fand es nicht. Aber Moment, dahinten am Ende der langen Autoschlange stand auch noch ein kleines schönes blaues Auto. Ein kleiner Fiesta.

Na bravo, ein toller Schlitten.

Passt überhaupt unser Gepäck da rein?

Doch es ging, und ab auf die Autobahn Richtung Benissa. Wir „rasten" los und kamen in ein Regengewitter in Spanien. Ich hatte noch keine Palme gesehen, nur Regen und die Autobahn.

„Es ist prima hier", sagte ich zu meiner Ehefrau.

Sie antwortete nicht und schaute stur in die Dunkelheit des Regens.

Ich sagte ab sofort lieber nichts mehr.

Was stand da am Wegesrand: „Salida Benissa".

Hier mussten wir runter von der Autobahn.

Nach fieberhaftem Suchen im Sturzregen von Spanien fanden wir das tolle Haus in Benissa.

Auto auf dem Parkplatz abgestellt, alles ausgepackt und ab ins Bett.

Gute Nacht Spanien im Regen! Das kann ja heiter werden.

Und es wurde heiter und warm.

Früh am Morgen schien die pralle Sonne durchs Fenster in unser Bett.

Ja, spinn ich jetzt?

Sonne und Wärme, das wollte ich!

Raus aus den Betten und Fenster und Türen auf, raus an die frische Luft. Von der Terrasse ein weiter Blick über das Tal zum Meer.

Jetzt waren wir angekommen und fühlten uns gleich wohl.

Wir machten Kaffee und nahmen unser „Mitnahmefrühstück" auf der Terrasse ein.

Es schmeckte herrlich.

Jetzt mussten wir erst einmal die Umgebung erkunden. Es gab einen schönen Markt in der Nähe, Geschäfte und Restaurants.

Wie lange wollen wir jetzt bleiben?

14 Tage sind schön!

Aber die Zeit rannte davon und ich verlängerte unseren Urlaub dreimal. Aus zwei Wochen wurden nunmehr „sieben".

Einfach toll hier!

Ich musste meine Meinung revidieren.

Spanien im Jahre 1993 war für uns eine tolle und lehrreiche Zeit.

Jetzt waren sieben Wochen vorbei und Mitte November landeten wir wieder in München bei Schnee und Regen.

Furchtbar!

Aber unser Zuhause war München.

Anfang Dezember rief ich einen Bekannten in Spanien an. Er ist Schweizer und besitzt eine Wohnung in Altea an der Costa Blanca.

Ich erzählte ihm, wie schön es in Benissa war, und er sagte spontan: „Ich habe eine Wohnung in Altea. Wenn du möchtest, kannst du sie im Februar haben."

In mir kam Freude auf und ich sagte zu. Ehefrau aber nicht gefragt.

Naja, es wird schon gut gehen. Meine liebe Hanni wird es verstehen.

Ich ging spazieren und bin „zufällig" an einem Reisebüro vorbeigekommen.

Eine nette Dame empfing mich mit den Worten: „Hallo, was kann ich für Sie tun?"

Ich antwortete knapp, locker: „Ich brauche im Februar zwei Flüge München–Alicante."

Auch sie antwortete knapp: „Ja, ist gebucht und bezahlt."

Ich ab nach Hause, und Hanni wird sich riesig freuen.

Ich sagte also zu meiner Ehefrau Hanni ruhig und ernst:

„Hanni, Koffer packen. In 14 Tagen fliegen wir nach Spanien, und zwar nach Altea."

Was sagte meine Ehefrau: „Veräppeln kann ich mich selber."

„Nein, es ist so", sagte ich. Jetzt begriff sie, dass es die Wahrheit war.

Sie freute sich auch und schon wurde gepackt und ab nach Spanien.

Die gleiche Prozedur wie damals und schon begann die schöne Zeit in der Sonne.

Spanien gefiel uns immer mehr und aus dieser Liebe zu diesem Land verbrachten wir bis zum letzten Tag 17 Jahre dort.

Es war eine wunderbare Zeit mit dem Land und den Menschen.

Diese Erfahrungen möchte ich nicht missen.

Aber anmerken muss ich doch:

Das heutige Spanien hat sich stark verändert. Der Überfluss des Häuser- und Wohnungsbaus. Das viele Geld durch Bodenverkäufe. Alles dies lief in eine Rezession. Die sonst aus allen Ländern einkaufenden Bürger bleiben seit geraumer Zeit aus.

Aber das Land ist einfach wunderschön und ich hoffe, es bleibt so.

11. Das letzte Jahr in Spanien

Dann kam das verhängnisvolle Jahr 2009.
Die Wege von mir und meiner Ehefrau Hannelore wurden brutal getrennt.

„Begleitung in den Tod"
Am 24. Dezember feierten Hanni und ich zum 17. Mal Weihnachten in Spanien.

Ein toller Tag. Der Spaziergang am Strand bei warmer Sonne ein wahres Erlebnis.

Wir fühlten uns sehr wohl und freuten uns auf das Weihnachtsfest.

Es war alles wie immer schön. Gutes Essen und Trinken gehörten dazu. Mit unseren Freunden waren es schöne und erholsame Tage. Auch Silvester wurde ausgiebig gefeiert. Wir freuten uns über das schöne Wetter und die uns entgegengebrachte Freundschaft.

Im neuen Jahr sollte es so weitergehen. Und es begann auch freudig und zufrieden. Nur Hanni ging nicht mehr so gerne am Strand spazieren. Sie tat sich schwer mit dem Laufen. Sie hatte keine Lust mehr auf lange Spaziergänge am Strand und in Altea. Sie gefiel mir gar nicht.

Anfang Februar, an einem Sonntag, sagte sie auf einmal: „Klausi, ich bekomme so schlecht Luft, ich glaube, wir müssen zum Arzt."

„Was sagst du da?", fragte ich ängstlich. „So komm, zieh dich an und wir fahren sofort ins Krankenhaus", sagte ich voller Angst.

Wir fuhren sofort nach Benidorm ins Krankenhaus. Hanni

wurde untersucht und es wurden Medikamente verschrieben gegen Erkältung und Bronchien. Damit waren wir zufrieden und fuhren wieder nach Altea. Ab diesem Moment war ich nervös und angstvoll.

Drei Tage später war es noch schlimmer, denn Hanni hustete und rang nach Luft. Voller Angst fuhren wir wieder ins Krankenhaus und sie wurde stationär aufgenommen.

Ich war fix und fertig.

Hanni, die nie krank war, und jetzt dies. Das kann doch alles nicht wahr sein. Aber wenn sie was hatte, dann war es nichts „Kleines".

Ich hatte um sie furchtbare Angst.

Meine Gedanken rasten durch mein Gehirn und blieben stehen bei – Rauchen und Lunge.

Es begannen zahlreiche Untersuchungen jeden Tag. Ich war bei der Hanni jeden Tag stundenlang im Krankenhaus. Für mich war es fürchterlich, sie im Krankenhaus zu lassen. Ich litt wie ein Hund.

Nur sie sagte zu mir immer: „Es wird schon."

Zehn Tage war sie im Krankenhaus und dann kam die Besprechung.

In der Vorahnung bat ich den Arzt, den Befund mir alleine zu eröffnen.

Der Arzt zeigte mir die Ergebnisse von allen Untersuchungen.

Dann sagte er: „Ihre Frau hat an der rechten Lunge und Bronchie je ein Karzinom und ganz schlimm, im Kopf zwei olivengroße Krebszellen."

Ich dachte, ich träume. Der hat einen falschen Befund. Hanni und Krebs? Nein! Doch! Das Rauchen wurde nun bestraft.

Ich bat den Arzt: „Bitte meiner Frau vom Krebs im Kopf nichts sagen. Ich möchte ihr das selbst sagen." Er versprach es und hielt sich dran.

Ich sagte verstört: „Ich breche den Urlaub ab und fahre nach Deutschland."

Der Arzt sagte: „Das ist der richtige Weg. Ich mache alle Unterlagen fertig."

So, das saß und ich war fertig mit der Welt. Hanni hat Krebs und wir sind 2300 Kilometer von der Heimat entfernt. Bravo!

Jetzt klaren Kopf behalten. Klarer Kopf ist gut gesagt, denn ich war fertig und habe mich im Auto erst einmal richtig „ausgeheult".

Dann habe ich mit Hanni gesprochen und ihr gesagt, wir fahren für weitere Untersuchungen nach München.

Sie war so tapfer und toll. Über den Krebs im Kopf sagte ich nichts.

Ich holte sie aus dem Krankenhaus ab und wir fuhren nach Altea.

Ich packte unsere Koffer und wir verabschiedeten uns von unseren Freunden. Furchtbare Stunden und Situationen auf einmal.

Mir war es schlecht und ich hatte oft Brechreiz.

Ich musste den Platz vom Autozug umbuchen.

Am 16. März 2009 fuhren wir in Richtung Narbonne. Immerhin 700 Kilometer. Die Fahrt verlief problemlos und wir erreichten zur richtigen Zeit den Zug nach München. Wir warteten im Bahnhof auf den Schlafwagen.

Wir waren in der Bahnhofshalle und ich hatte das Bedürfnis, Hanni die Wahrheit zu sagen.

Ich setzte meine Rede unter Weinen an. Hanni schaute mich an und sagte: „Was weinst du, was ist los?"

„Hanni", stammelte ich, „du hast im Kopf noch zwei Karzinome. Es tut mir so leid." Sie schaute mich an und sagte: „Deshalb brauchst du nicht weinen. Das kriegen sie in München wieder hin. Jetzt fahren wir erst einmal nach Hause."

Ich war fertig, wie ruhig und gefasst sie war. Ich musste sie einfach in den Arm nehmen und heulte los.

Sie weinte nicht. Sie sagte nur zweimal: „Es wird schon, Klausi."

Ich war so stolz auf sie, denn sie tröstete mich.

Der Zug fuhr in den Bahnhof und unser Auto wurde verladen.

Wir bezogen unseren Schlafwagen und fuhren Richtung Deutschland.

Da ahnte ich noch nicht, wie hart uns das Schicksal in nur zwei Tagen treffen wird.

Der Zug fuhr die Nacht durch und am Montag früh waren wir in Frankfurt.

Durch die Aufregungen war es mir nicht gut. Ich hatte Brechreiz und mir war schlecht. Ich ließ mir nichts anmerken und wir machten uns auf den Weg nach München.

Bettina hatte uns ein Weißwurstessen versprochen und da fuhren wir hin. Es war ein großes Hallo, aber bei mir kam keine Stimmung auf. Nach dem Essen habe ich den Kindern die Situation erzählt.

Große Betroffenheit und Traurigkeit erfüllte das Haus.

Aber es sollte an diesem Tag noch schlimmer kommen. Hanni und ich fuhren in unsere Wohnung. Ausladen, Einräumen usw.

Gegen Abend war es mir nicht gut.

Mein Kreislauf und mein Herz machten nicht mehr mit. Die Aufregung und der Schmerz um Hanni waren zu viel für mich. Ich brach zusammen und fiel einfach um. Die Nachbarn riefen den Notarzt und ich wurde mit „Blaulicht" auf die Intensivstation ins Krankenhaus gefahren.

So stellt man sich das Wiederkommen in der Heimat vor. Toll!

Diagnose: Blutanämie! Ich dachte nur, jetzt habe ich die Endreise angetreten.

Im Krankenhaus wurde ich gründlich untersucht und rundum auf den Kopf gestellt.

Zwei Tage später wurde Hanni auch ins Krankenhaus eingeliefert. Ja, brav. Grüß Gott, München!

Eine Woche lagen wir beide in einem Zimmer zur Beobachtung.

Alle im Haus sagten: Das hatten wir hier noch nicht. Ehebett im Krankenhaus.

Für uns beide begannen jetzt die gründlichen Untersuchungen.

Bei Hanni die Krebsbehandlung und bei mir hat man im Darm ein Geschwür festgestellt. Ich wurde jetzt für die Darmoperation vorbereitet.

So hatten wir uns unsere Heimkehr nach München nicht vorgestellt.

Ich kann nur sagen: „Bravo Schicksal!"

Ich wurde in die Chirurgie verlegt. Dann kam der Tag meiner Darmoperation und man entfernte mir 20 Zentimeter vom Dickdarm mit dem Geschwür. Es lief für mich alles gut. Man überlegte, bei mir eine Chemotherapie durchzuführen.

Hanni bekam Chemo und ich sollte auch? Nein, ich lehnte ab.

Für Hanni begann jetzt der steinige Weg der Chemobehandlung, aber sie vertrug die Chemo nicht. Ihr war schlecht, kein Hunger, schlapp und müde. Ich besuchte sie jeden Tag, denn ich lag auch noch im Krankenhaus.

Nach einigen Tagen wurde ich entlassen.

Hanni wurde mit dem „Gift" vollgepumpt.

Jeden Tag fuhr ich drei bis sechs Stunden ins Krankenhaus und machte ihr Mut.

Sie tat mir so leid, aber sie war tapfer und voller Hoffnung. Ich konnte nur weinen und für mich begann eine furchtbare Zeit. Hanni war für mich eine Heldin.

So ging das Tag für Tag.

Ich kannte jeden Arzt und jede Schwester. Das Krankenhaus war meine zweite Wohnung.

Hanni machte alles mit und nahm alle Medikamente, die man ihr gab.

Dann kam eines Nachts dieser furchtbare Anruf. Ich soll ins Krankenhaus kommen, Hanni hat einen Hinterwandherzinfarkt bekommen.

Ich dachte, ich höre nicht richtig. Voller Angst raste ich in die Klinik. In ihrem Zimmer waren Ärzte und Schwestern.

„Hallo", sagte Hanni, „Klausi, reg dich nicht auf, es geht schon wieder besser." Ich war fix und fertig mit der Welt.

Ich blieb bei ihr und sie wurde vom Kardiologen untersucht. Er befand es nicht sehr erschreckend.

Als Hanni eingeschlafen war, fuhr ich für einige Stunden in unsere Wohnung. Am Morgen war ich wieder da und es ging ganz gut. Mir fiel ein Felsbrocken vom Herzen.

Die Chemo wurde erst einmal abgesetzt. Nach einigen Tagen wurde wieder langsam weiterbehandelt. Sie konnte das Bett nicht mehr verlassen, denn sie war zu schwach. Hanni wurde jetzt mit Astronautennahrung aufgebaut und es klappte.

Jeden Tag gingen wir mit einem Rollator spazieren. Bevor man mit der Chemo weitermachte, musste sie erst stabiler werden.

Dazu kam sie in die Reha in die Diakonie München. Nach drei Wochen war sie in der Lage, spazieren zu gehen, und sie kam für einige Zeit nach Hause.

Sie war so glücklich und jeden Tag machte ich mit ihr Übungen. Wir gingen raus an die frische Luft, und der glücklichste Mensch war ich. Sie war sehr schwach und sie strengte sich sehr an. Die große Hoffnung war in uns erwacht. Wir spielten seit langem wieder Karten und der Krebs wurde zur Seite gedrückt. Den gesamten Haushalt machte ich und es klappte wunderbar. Sie musste viele Tabletten nehmen und sie fühlte sich ganz gut.

An einem Wochenende kam wieder ein Rückschlag. Er meldete sich zurück: Ich bin wieder da, euer „Freund", der Krebs!

Hanni bekam starkes Nasenbluten und es hörte nicht auf. Ich fuhr sie in die Notaufnahme und sie kam gleich auf die Intensivstation. Und schon war ich wieder alleine und fuhr nach Hause, um mich auszuheulen.

Als ich ging, rief sie mir nach: „Fahr vorsichtig, bis morgen." Ganz ruhig und gefasst.

Sie ist immer noch so stark, einfach toll.

Die Blutung wurde einige Tage behandelt und dann kam sie nach Hause.

Gott sei Dank, ich hatte sie wieder. Aber für wie lange? Es war jetzt Herbst und wie soll es weitergehen? Aber in uns war eine große Hoffnung, die dann bald in sich zusammenbrach.

Wir fuhren oft durch das bayerische Land und haben uns an der Natur erfreut.

Dies alles hat uns wahnsinnig zusammengeschweißt.

Das Weihnachtsfest verbrachten wir bei unserer Tochter im Haus. Gutes Essen, Trinken war gut und Hanni hat auch gut gegessen. Beim Sekt musste ich sie etwas bremsen.

Aber es war eine schöne Zeit und man vergaß für eine Weile die schlimme Krankheit.

Das neue Jahr haben wir beide alleine begrüßt mit der Bitte, im neuen Jahr wird alles besser. Die Hoffnung war immer da.

Im Januar wurde Hanni immer ruhiger und ich immer trauriger. Meine innere Stimme sagte mir große Sorgen voraus.

Ich sollte recht behalten.

Anfang Februar, an einem Montag, sagte Hanni am Morgen: „Du Klaus, ich glaube, wir müssen ins Krankenhaus. Mir geht es gar nicht gut."

Ich fuhr alleine in die Klinik und fragte den Arzt, was ich machen sollte.

Er sagte: „Sofort zu uns in die Klinik."

Ich fuhr Hanni sofort in die Klinik und ein Bett war für sie schon vorbereitet.

Die Untersuchungen und Behandlungen begannen intensiv von Neuem.

Das erneute Drama begann.

Jeden Tag gab es Untersuchungen, Bestrahlungen und Chemo. Ich sah zu, wie es Hanni schlechter ging und sie zusehend abbaute.

Sie tat mir furchtbar leid und man war so hilflos.

Jeden Tag war ich im Krankenhaus und redete mit ihr. Ich holte ihr immer ein Eis mit Sahne und ihre Augen leuchteten dann so hell. Sie war so stark und mutig, denn sie nahm alles ohne Murren auf sich.

Ich aber war fertig mit der Welt.

Warum sie? Sie war immer für alle da. Nichts war ihr zu viel. Immer hilfsbereit und bei allen beliebt.

Durch meine täglichen Besuche sah ich, es ging ihr immer schlechter.

Die große Angst schlich in meinen Körper.

Sie konnte nicht mehr aufstehen. Nicht einmal auf die Toilette. Das Atmen fiel ihr immer schwerer. Sie konnte nicht mehr schlucken und redete alles durcheinander. Und eines Tages konnte sie nicht mehr sprechen.

In mir brach alles zusammen. Ich fiel ganz tief in eine dunkle Schlucht.

Sie schaute mich immer so traurig an und ich heulte wie ein Schlosshund.

Hund ist der richtige Ausdruck.

Ich erzählte ihr alles Mögliche und sie sah mich nur traurig an. Jeden Tag bin ich mehrmals durch die Hölle gegangen.

Gott, wo war er denn? Aber nicht hier, denn er hatte bestimmt etwas anderes zu tun, als Hanni zu helfen.

Das werde ich und habe ich bis heute nicht verziehen. Für mich gibt es keinen Gott mehr.

Was sagt Buddha:
„Kein Gott entscheidet,
sondern jeder ist für sich
selbstverantwortlich.
Gesteuert vom K a r m a."

Wenn Hanni eingeschlafen war, bin ich nach Hause gegangen zum Schlafen. Zu Hause habe ich mich erst alleine ausgeweint.

Denn das Schlimmste war, dass ich alles alleine bewältigen musste.

Ich war allein.

Dann kam dieser furchtbare Tag: „5. März 2010".

Ich wurde morgens um 5.00 Uhr vom Krankenhaus angerufen. Eine Schwester war am Telefon und sagte: „Herr Dettmer, Sie sollten ins Krankenhaus kommen. Ihre Frau ist sehr unruhig."

Ich sagte nur: „Ich bin gleich da."

Hanni sprach mit sich selbst. Wirres Zeug. Ich nahm ihre Hand und redete auf sie ein. Sie wurde ruhiger und lächelte. Toll! Ich heulte.

Tina kam auch und nach drei Stunden, als Hanni eingeschlafen war, fuhr ich nach Hause.

Ich war den ganzen Tag unruhig, als wenn innere Stimmen mit mir redeten. Dunkle Ahnungen krochen meinen Rücken rauf.

Eine innere Stimme sagte zu mir: „Du musst ins Krankenhaus."

Um 16.00 Uhr fuhr ich in die Klinik.

Es war eine seltsame Stimmung in der Klinik. Ich stand vor der Zimmertür, öffnete sie und sagte fröhlich: „Hallo Hanni, da bin ich, wie geht's?"

Sie drehte den Kopf zu mir, schaute mich mit übergroßen Augen an, ohne Mimik, drehte den Kopf zurück, schaute an die Decke des Zimmers, schloss die Augen und war tot!

Ich nahm sie an den Schultern und rief: „Hanni, was soll das? Komm, mach die Augen auf. Bitte komm zurück."

Dann merkte ich, dass der Arzt eine Hand auf meine Schulter legte und sagte: „Herr Dettmer, sie ist nicht mehr bei uns."

Ich rief: „Das kann nicht sein. Das wird schon wieder."

Sie gingen aus dem Zimmer und ich war mit ihr alleine. Sie lag da, weiß und wie ein kleines Mädchen. Mager, ohne ihre schönen Haare.

Ich nahm ihren Kopf in beide Hände und küsste sie zum Abschied. Ich nahm ihre Hand und legte meinen Kopf auf ihr Bett.

Es war so ruhig hier. Nur Hanni und ich waren im Zimmer.

Ich sagte zu ihr: „Hanni, du gehst mal vor und halte einen Platz für mich frei. Ich komme auch bald und wir werden uns dann wiedersehen."

Man hatte in der Zwischenzeit Tina, Dennis und Günther benachrichtigt.

Sie kamen und es war furchtbar. Die Schwestern hatten Blumen und Kerzen hergerichtet. Es sah so schön feierlich aus. Wir weinten alle zusammen über einen langen Zeitraum.

Nach zwei Stunden sind wir mit gebrochenem Herzen gegangen.

Ich drehte mich noch einmal um und meine Kleine, glaube ich, sah mir mit einem Lächeln nach.

Da fiel mir der Spruch ein: „Wir sind alle nur auf der Durchreise."

Hanni hat ihre Endreise erreicht. Sie war so tapfer und hoffnungsvoll. Ich habe sie deswegen bewundert. Jetzt musste ich mich wieder fangen. Aber dieses hat gedauert.

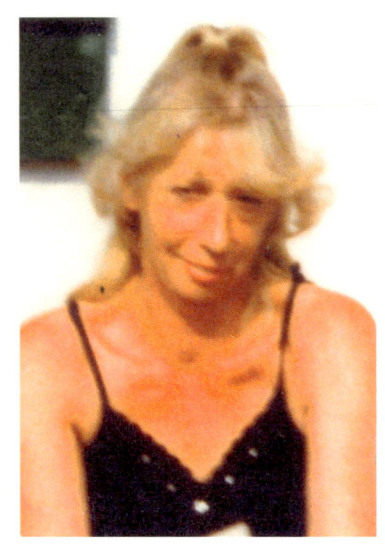

„Mit der Geburt beginnt das Sterben,
also nutze den Augenblick!"

Liebe ist
in Dankbarkeit
Abschied zu nehmen!